句集

大和ことば

岡崎桂子

朔出版

句集　大和ことば　目次

Ⅰ　百千鳥　二〇〇九年―二〇一一年　5
Ⅱ　生々流転　二〇一二年―二〇一三年　39
Ⅲ　蓮見舟　二〇一四年―二〇一五年　65
Ⅳ　大和ことば　二〇一六年―二〇一七年　95
Ⅴ　句碑の空　二〇一八年―二〇一九年　133

あとがき　172

装丁　奥村靫正／ＴＳＴＪ

句集　大和ことば

Ⅰ 百千鳥

二〇〇九年―二〇一一年

六十一句

二〇〇九年―二〇一〇年

寅が口あけたる賀状届きけり

百千鳥神話の島に目覚めけり

海苔豊作波立てて舟戻りけり

一斉に芽吹きて仲間同士なり

菜を刻む窓曇りけり春の雪

源は若狭井の水蜷の道

花祭御目の雫身を伝ふ
少しづつ心を開きチューリップ

新しき花びら加へ花筏

かたまつて水を見てをり余り苗

掌に移せば飛べり天道虫

青嵐庭の木々にも及びけり

水羊羹卒寿の瞳曇りなし

母へ一匙我れに一匙氷菓食ぶ

胞子より無数の噂苔の花

緋を散らし金魚田に雨来たりけり

信長の焼き討ち守宮生き残る

鰺食うて鵜は夜までを一羽づつ

形代を巻きこみて波崩れけり

涼み舟吾妻橋より橋尽し

晩年の父白蚊帳を好みけり

茄子の馬千里の道を来つつあり

師の句碑もその句も秋の風の中

ぐいぐいと進めば未来鬼やんま

廻れ廻れ風車は秋天が似合ふ

烏瓜誰も攫ひに来てくれぬ

足元の草にはじまり虫時雨

尾をぴんと仕上げ夜なべの藁の馬

嫁の泣き柱は土間に一位の実

須佐之男の消えたる舞台露けしや

村芝居首実検によよと泣く

麦の芽や盆地丸ごと風の中

平等に朝日のさして霜の家

いづれ朴落葉に埋もれ羅漢谷

口開けて落ちてゐるなり冬椿

雪吊の一糸ゆるめば隙だらけ

先端は草をからめて氷柱伸ぶ

ひとゆらぎして凍瀧のゆるみけり

二〇一一年

初みくじ鹿島の杉に結びけり

初明り母の命の細りゆく

傷もなく立春の鯉浮上せり

鳥曇母人形を抱き眠る

三月二十四日　母岡崎英子永眠

死の床は静かに狭しかぎろへる

位牌ぽつんと春の月昇りけり

春暁や避難袋に遺影入れ

喪の庭につぎつぎと降り雀の子

逃水や瓦礫の中に道が伸び

雲の峰立ちあがりけり破船群

紫は妻恋ふ色ぞ杜若

おはぐろ蜻蛉地獄絵に燃え立つ火

残像のうすれて花火総崩れ

咲耶

誕生や蟬時雨にも負けぬ声

銀漢の裾命名を待つ赤子
しろがねの芒くがねの母の愛

御社に潮満ち渡り豊の秋
平家納経花野に展げたきものを

地獄絵の前にごろんと西瓜あり

穴惑ひ今年生まれし長さなり

富士塚の頂き湿り神の留守

ふるさとの初雪でありとけやすし

流れ出るものは傍流瀧凍つる

II　生々流転

二〇一二年―二〇一三年

四十七句

薩摩焼酎手毬唄口ずさむ

二〇一二年

遊びせんせん戯れせんせんと花吹雪

上千本谷底までも桜かな

花の夜や残して来たる笑ひ声

あたたかや詫び状にある墨の線

竹皮を脱ぐすがりつく皮のあり

父の日や父をめざして這ひ這ひす

螢とぶ遠流の島の能舞台

ゆらゆらと形代入水かもしれぬ

鯛去つてぽかんと浮かぶ涼み船

飛び込んで全身水の柱なり

秋潮のせめあぐねたる小島かな

玄関に人影盆の雨しづか

鵙の声奉納の剣曇りなし

椎の実の礫ばらばら屋根を打つ

葛刈りて鎌の柄までも湿りけり

水平に傘をひろげて毒茸

現し世は祈れ歌へと笹子鳴く

綿虫の遊泳俳句ある限り

たて髪も頬髭もなし寒波来る

乾鮭を叩けば板のごとき音

鮟鱇に死後硬直のなかりけり

ばりばりと氷の底に鱗あり

心深く覗けば我も雪女

翁面雪夜の神となりて舞ふ

船頭の乗る隙間あり宝船

二〇一三年

廃船に翼のあらば春の雁

白鳥に帰る意志あり翼あり

手をつなぎたし春風の立雛

イエス亡きあとふはふはと春の雲

水口のごくりごくりと田水張る

泉より始まる生々流転なり

悲しめば太るばかりぞ山椒魚

土竜死すごろんと青葉闇の中

原始林涼しき風の源か

窯変は神のほほゑみ柘榴咲く

羽抜鳥鶏冠豊かに歩きけり

しやりしやりと包丁を研ぎ厄日前

日の射して息のむほどの芒原

灯台は裸身をさらし十三夜

雁の空源氏の君は泣くばかり

柘榴割れ鼻筋通る狐面

いわき市

土台踏むな還らぬ人に冬の海

俯せは自然な姿朴落葉

悼　荒木英雄さん

諫早は冬晴れですか葬の朝

躍りては吹かれては雪瀧壺へ

梟の眼つぶれば好々爺

III 蓮見舟

二〇一四年―二〇一五年

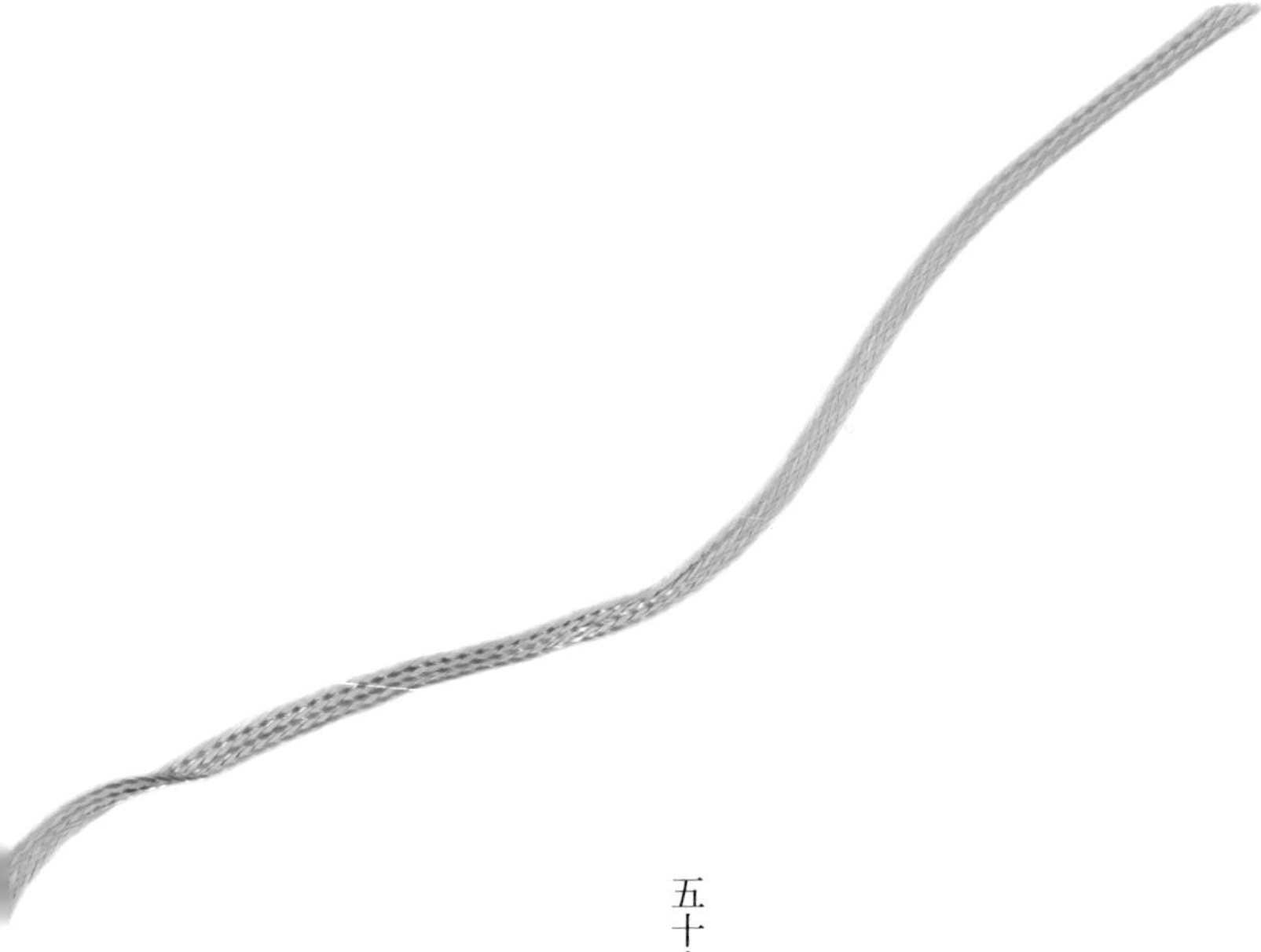

五十六句

二〇一四年

青々と芹を散らして粥柱

猫の恋今日どれほどを歩きしか

桃佳

うららかやこくこく乳の泉飲む

父母の声聞き分けて雀の子

日本のほのぼの染まり花の頃
雫してをり春の月海の上

雨はらむ風新しき燕の巣

転がつて土俵は狭し五月場所

武士の旗指に似て青芭蕉

風折れといふこともなし青芭

形代の流れてゆけり白きまま

メロン切り分け父の分母の分

くまモンと一緒に眠り日焼の子

雲の峰芭蕉も曾良も客死せり

白桃の豊頰に刃を入るるかな

嗚咽号泣嗚咽号泣秋の風

国道六号開通

復興の重機海まで萱の原

激震に耐へし本堂法師蟬

秋冷の床踏みならし高砂や

金箔に似てゆらゆらと秋の蝶

仏頭の中はからつぽ初時雨

黒々と川流れをり雪の原

風花やいづれ蝦夷の野に消えて
指揮者いま神の声聞き冬の夜

二〇一五年

型を破れと初富士の絵画めく

祈る時人は真顔に伊勢参

白鳥を抱きしことも春の夢
胸ゆるくはだけて涅槃し給へり

追ひかけて草に沈めり鳥の恋

吊し雛這子は赤き帯を締め

春燦々田楽面に笑ひ皺

金盞花あるだけ摘めと漁師妻

夏座敷這ひ這ひの子を裏返す

噴水の頂を逸れ蝶白し

ほれぼれと立ち炎天の男松

過去は鮮明未来とは蝸牛

安売りのちらしの如く火取虫

蠅叩き打たれ強さは母ゆづり

さらし巻く胴体太し祭馬

手をそれし螢は螢川へ逃げ

畔太くまくなぎの渦たちのぼる

蓮見舟蓮をへだててすれ違ふ

花火師に大きな月の昇りけり

のしかかる高さにしだれ大花火

棄村後も桑の木太り虫時雨

稲刈つて地の果てまでを進まんか

朝露にぬれ父祖の地の稲刈機

かりがねや赤を基調の麗子像

するすると恋の苧環月明かし

吉右衛門もつとも冷えて紙の雪

四方より秋風山車の上に立つ

蟷螂の三角の顔枯れゆけり

悼　小橋末吉さん

冬銀河万歳をして逝きたるか

振りかざす太刀は魔を切り伊勢神楽

氷柱折るぽきりと命投げ出され

会津より来し風花をまぶしめり

Ⅳ　大和ことば

二〇一六年―二〇一七年

七十句

二〇一六年

白馬《おうめ》祭鹿島の神の扉開く

女人俑地上は桃の花盛り

花相似たり涙ぐむことのあり

ぶつかつてゆらと傾げり花筏

花散りしあとゆらゆらと桜の木
花吹雪にも耳をたて神の鹿

鷹鳩と化し自画像に青が欲し

白髪の似合ふと言はれシクラメン

おたまじやくし大人になれるのはだあれ
木曾谷の底ひたひたと田水張る

胸借りに来いと五月の山まぶし

白牡丹翁の舞の袂揺れ

祭後の湖に沈めて四手網

姥捨ての地や太陽と青芒

ががんぼの不用意脚の折れにけり

次の田へ足重くあげ田草取

とんと足踏み入れ螢火を揺らす
からあゐの頭重たし恋の歌

新陰流奉納秋風の間合

水平に進めば晴れて赤とんぼ

簑助の人形に泣き秋澄めり

紅葉山つひの衣装の真くれなゐ

紅葉流れて青春の神田川

きちきちの跳ばねば見えず芒原

降りてゆく道見当たらず紅葉瀧

楸邨や古利根に吹く蘆の絮

謹みて神在の列とどこほり

木枯や般若の面は耳を持つ

風葬鳥葬散骨狐火の青し

向日葵の枯れたる頭ごと倒す

虎落笛家の中にも風の音

峰で打つ荒巻の骨闇夜汁

ストーブの火は消したかとほろすけほ

鎌倉の日溜り寒の牡丹咲く

頬を刺す風白鳥に会ひにゆく

二〇一七年

顔しわしわと福笑終りけり

水仙のあたりさくさく春の霜

春渚暮鳥の雲はちぎれ雲

早蕨や有間皇子の海光り

飛花落花大和ことばのとび散れり

邯鄲の夢を見てをり目借時

人の世も声も遠のき繭ごもる

廃船のきしきし乾き浜昼顔

汗匂ふ子を抱きあげて象の前

早朝の涼気流れて青畳

朝の水ひたひた流れ螢谷

荒海へ楔打ち込み虹立てり

沖にまだ嵐の名残り花柘榴

百本の蕊を華燭と合歓の花

定位置に星あり烏瓜の花

手花火の力尽きたるひとしづく

文字見ゆるほどの明るさ桐一葉

病牀六尺鶏頭に黒き種

蓮の実の欠けしところに暗き穴

群生の最後は消えて彼岸花

花野遠しと人形はお留守番

掃き寄せて桜紅葉の香りけり

こつと叩けばこつと返して榠樝の実

あふむけに落ちからつぽの栗の毬
たつぷりと日の射す斜面穴惑ひ

振り返る静けさ熟柿落ちにけり

「陸奥」眠る海を濁して秋の雨

幕間や皇居の松に冬日さす

重なりて生気の失せて柿落葉

鷹の目のゴッホ自画像冬ぬくし

工場へ工場へ人冬木立

止り木に足踏みかへて鷹寒し

雪雪雪雪吹き上げて瀧落下

凍瀧を崩さんと水滑りけり

滑稽な鬼を追ひ出し追儺祭

Ⅴ

句碑の空

二〇一八年―二〇一九年

七十二句

二〇一八年

今瀬剛一主宰第四句碑建立　一月五日（偕楽園）

冬草へ第一の鍬句碑建立

鶯替の鶯は真つ赤な口をして

影ひいて立春の橋渡りけり

水深はくるぶしほども蜷の道

牡丹雪泉の芯へ届かざり

初蝶のわれへ寄り来てよき兆し

春の野を駆けて木花開耶姫
母郷水戸ぶつきら棒のあたたかし

父母も雛人形も流れゆく

乗込み鮒湯浴みのごとく飛沫あげ

豊饒や花房手のひらに余り

芭蕉登四郎剛一も花愛づるかな

紫陽花もその下草も雨に濡れ

ユーカラに兎梟夏炉焚く

蝮捕コタンの橋を戻りけり

蝦夷梅雨と言ひ楡の木を濡らす雨

虹の根のあたり家々密集す

こらへ切れぬ雨粒が落ち虹の橋

首低くさげサーファーは魚になる

残暑根を張りごくごくと水が欲し

助走なくばつた跳びたち草の海

朝顔の種採るやはらかな光

野分波小石からから引き戻す

打てば響く言葉を探し秋渚

アイヌ墓地

秋澄むや杵墓矛墓倒れ墓

悼　鈴木黎子さん

帽子笑顔銀河より吾を見給ふや

石をもて追はるる長さ秋の蛇

用水路愚直に流れ刈田以後

水平な雲より離れ雁の列

脳ドック銀河一粒づつ見えて

ぽちと紅ひきはにかめり七五三
三つ星の静かに巡り句碑の空

妹のひとりもあらば冬の月

山眠り洞のある木も眠りけり

あいうえお皆白息となりにけり

くつきりとあり初夢の昼の星

二〇一九年

若者に立志の心梅真白

水戸しうるはし紅梅の香の流れ

大楠に風立ち騒ぎ一の午

絡まつて弾けて走り雪解水

春水の窪みて鳰は湖底まで

光集めて春水は海へ出づ

息通ふほどのへだたり立雛

うつすらと涙のありて亀鳴けり

ゆらゆらと工場群の海市消ゆ

ぽちやと音して春の夢覚めにけり

母の忌やほむら明るき春の燭

落椿曼荼羅へ歩を進めけり

盃を干せ花満つる句碑の前
あるだけの花つけて待つ夜明けなり

にはたづみ引き花びらの重なれり

竹皮を脱ぎ堂々の裸なり

踏み入つて歩いて来いと山滴る

山百合の五つの蕾一つ咲く

十薬の根の長々と引き抜かれ

螢袋の中は安心波の音

夏座敷大黒柱磨きあげ

小糠雨終日止まず水中花

腐草螢となりからつぽの登り窯

万葉の恋歌冷し酒うまし

引き潮の早し早しと鳥渡る

大潮の放りあげたる今日の月

月昇りけり最善を尽くせし日

頭振るたび鶏頭の種こぼれ

息強すぎて瓢の笛かすれけり

凩やつうの如くに身の細り

舞殿に十二の柱神楽歌

帰りには潮満ちてをり牡蠣筏

紙漉女こごえる指を火にほどく

沼涸れて猪の足跡あらはなり

裸身ともちがふ水辺の枯木立

南無八幡大菩薩鬼やらふかな

句集　大和ことば　畢

あとがき

句集『大和ことば』は、『第一信』『応援歌』『梓弓』につづく第四句集であり、平成二十一年から令和元年までの三百六句が収められている。

俳句は自然と自分と言葉がほどよく関わり合って、互いに絶妙なバランスがとれた時に完成するものであるように思っている。自分が前に出過ぎても、言葉が一人歩きしてもいけない。

私はこの頃、季節の移り変わりとともに無心に装ってゆく自然の美しさに触れて、心安らぐことが多い。ありのままの自然に包まれている安らぎである。そして、この自然との対話をそのまま言葉に表したいと思っている。それには言葉を信じること、言葉を磨くこと、言葉を紡ぐこと、言葉と自分の間に隙間を入れないことであろう。句集名の「大和ことば」は、「飛花落花大和ことばのとび散れり」からとった。降りしきる花吹雪の中で直感的に「大和ことば」

が浮かんだのである。

　これまで四十年以上にわたり、私を指導してくださっている今瀬剛一先生に心から感謝申し上げます。

　なお、句集出版にあたっては朔出版の鈴木忍さんにお骨折りいただいた。心よりお礼申し上げます。

令和元年初冬

岡崎桂子

著者略歴

岡崎桂子（おかざき　けいこ）

1945 年　茨城県生まれ

1981 年　「沖」入会

1986 年　今瀬剛一主宰「対岸」創刊と同時に入会

1993 年　句集『第一信』刊

2001 年　評論集『真実感合への軌跡　加藤楸邨序論』刊

2002 年　句集『応援歌』刊

2003 年　自註現代俳句シリーズ『岡崎桂子集』刊

2009 年　句集『梓弓』刊

現在　　「対岸」編集同人　俳人協会評議員

　　　　ＮＨＫ学園俳句講師

現住所　〒 310-0056　茨城県水戸市文京 2-4-22

句集　大和ことば　やまとことば

2020年1月27日　初版発行

著　者　　岡崎桂子

発行者　　鈴木　忍

発行所　　株式会社 朔《さく》出版
郵便番号173-0021
東京都板橋区弥生町49-12-501
電話　03-5926-4386
振替　00140-0-673315
https://www.saku-shuppan.com/
E-mail　info@saku-pub.com

印刷製本　中央精版印刷株式会社

ISBN978-4-908978-33-3　C0092